겨울 언덕의 백양나무숲

문학들 시인선 034

백수인 시집

겨울 언덕의 백양나무숲

문학들

시인의 말

　날마다 걷는다. 강가를 걷고, 해변을 걷고, 산골짜기를 걷는다. 걸으면서 거기에 깃들어 사는 존재들과 마주친다. 새들을 만나고, 나무들과 마주 서고, 꽃들과 이야기를 나눈다. 그 공간을 지나가는 바람을 만나고, 흙과 돌멩이와 바위와 물결과 눈을 맞춘다. 그리고 그들에게 다가오는 빛깔들을 바라본다.

　마주치는 존재들은 나를 과거의 시간으로 데려다주기도 하고, 내 영혼을 따뜻하게 품어주기도 한다. 유년의 시간 속에서 부딪혔던 순간들이 현재의 시간 속에서 새로운 사유로 진화하기도 한다. 새들의 날갯짓이 물빛을 가르고, 연초록 새싹들이 하늘빛을 틔운다. 새파란 파도가 가슴속으로 밀려 들어와 요동치기도 한다.

　내가 지금껏 걸어온 그 길에는 시의 나무가 자라고 시의 새가 울고 시의 꽃이 피고 자갈처럼 시가 깔려 있었다. 뒤돌아보니 나는 평생 그 길 위에서 시를 논리의 그물로 엮거나 설명의 실로 천을 짜면서 걸었다. 숲속으로 난 길에는 작은 풀꽃도 시로 피어나고 소나무 한 그루에서도 시의 향기가 났다. 40년 넘게 걷던 그 숲길에서 내려와 이제는 하늬바람 일렁이는 들길을 걷고 있다. 나의 몸도 정신도 점점 시가 되어가고 있다.

2024년 11월
사자산 기슭 장천지가章泉之家에서
백수인

차례

5   시인의 말

제1부

13   안개 바다
14   물과 바람
15   때죽나무
16   썰물 이후
17   시간의 뼈
18   밀물과 썰물
20   삭발하는 마음
22   냇물 따라 걷다 보면
24   마음으로 걷는 길
26   가을에게
27   청둥오리
28   투명한 벽
29   목련꽃 활짝 피었네
30   피안으로 가는 길

제2부

35   동백꽃

36   팽나무와 노박덩굴

38   겨울의 입구에서

40   숲속의 새들

42   나리꽃

43   맨드라미

44   백로의 날갯짓

46   맨발 걷기

48   홍도화

49   청천벽력

50   남포의 돌꽃

51   옛 대장간 앞에서

52   들판에 자귀나무 꽃 피었네

제3부

55   뒷개 바람

56   윤이상의 바다

58   토우장식항아리

60   측백나무 한 그루 서 있네

61   로드킬 – 조장鳥葬

62   바다 노인

64   고양이 한 마리 죽어 있네

66   고하도 건너가기

68   소리에 대하여 – 고향 집에 홀로 묵으며

69   고추잠자리

70   날개

72   시집 봉투

75   폐선

제4부

79 밀물

80 도깨비 잔치

82 시인 김준태

85 '흙'에 대한 사회학적 고찰

86 안중근은 살아 있다 - 영화 〈영웅〉을 보고

88 하눌타리

90 서포 김만중의 노도에 가다

92 대나무 평상

93 그날의 일기

96 아버지의 일기장 - 각수바위

98 장재도

100 임진강 건너 북녘으로 자꾸만 올라갔네

101 꽃들의 눈물

105 **해설** 귀로 보는 풍경의 깊이 _ 이대흠

제1부

안개 바다

새벽 바다는 온통 혼돈의 빛깔이었죠 누군가 흐릿한 실루엣 속에서 무슨 일인가를 벌이고 있었어요 세상의 모든 형상들이 줄지어 물속으로 가라앉았고 애절한 소리들 부딪히며 파도의 그림자들을 만들어 내고 있었어요

그 푸르던 하늘은 이미 수면 안으로 스며들어 그 경계조차 모호하게 출렁였고, 그 속에서 수많은 비밀들이 벌떼처럼 잉잉거렸지요 세상의 밝은 빛은 흐릿한 소용돌이 속으로 점점 허물어지고 뜻을 잃은 언어들만 굳세게 일어나고 있었어요

그때 중저음 뱃고동 소리가 울리며 검은 배 한 척이 느릿느릿 내 가슴속으로 들어오고 있었어요 그게 안개를 걷어내는 한 줄기 빛이었다는 걸 나중에야 깨달았지요

물과 바람

나는 죽어서가 아니라
살아서 이미 물이 되었지요

당신은 나를 마시고
나를 떠서 세수를 하시고
나를 따뜻하게 데워 발을 씻으시고
그리하여 나는
밤마다 당신의 꿈속에 스며드는 피톨이 되지요

당신은 이미 바람이 되었어요

나는 당신을 가슴 안에 품고
당신을 호흡하고
당신을 통해 산과 바다를 만나고
세상 냄새를 맡아요

내 몸속은 지금
향기로운 당신의 꽃바람으로 가득해요

때죽나무

골짜기 흐르는 냇물 가를 따라 숲으로 오르고 있었어요
호랑이가 내려와 놀고 갔다는 너럭바위를 지나 옛 선비들
이 돌을 베고 낮잠을 잤다는 바위에 다다르자 어디선가 소
리들이 스멀스멀 몸속으로 기어들어오는 것을 느꼈어요
골짜기 물이 돌 틈을 돌아 흐르는 소리인가 나뭇가지 사이
를 빠져나가는 바람들의 발자국 소리인가 숨을 멈추고 자
세히 살펴보니 작은 종들이 바람에 흔들리며 내는 하얀 종
소리였어요 상큼한 향기가 배어 있는 하얀 종들이 작은 몸
을 뒤척이며 내는 가늘고 카랑한 소리였어요

그 종소리들이 물에 녹아 흐르면 먼 강에서 수많은 물고
기들이 잠깐 기절하듯 잠 속에 빠진다네요 그때 물고기들
이 열반의 경지에 이른다네요 내 몸속으로 스멀스멀 들어
오는 종소리들이 나를 넓적한 바위 위에 앉히고 가부좌를
틀게 하네요 두 눈을 지그시 감고 깊은숨을 쉬네요

썰물 이후

바다가 물러서기로 마음먹을 때
물의 벼랑은 무너지네

세상의 높이와 깊이가 모두 날아가 버리면
남은 건 펄 위에 찍힌 쓸쓸한 발자국뿐이네

가파른 삶의 언덕에서 모든 걸 다 잃고 난 후
터벅터벅 걸어가는 사람
스산한 새벽바람이 일렁이는 뒷골목
희미한 가로등 밑을 지나가는
그의 뒷모습이네

모래밭에 누워 배 속까지 뼛속까지 다 보여주는
해파리의 투명한 고백이네

시간의 뼈

수백 년 묵은 종가 터
장독대 옆 우거진 풀을 매다가
우연히 동물 뼈 한 조각을 발견했다
그 밑을 가만가만 호미로 파 보니
무수한 뼈들이 계속 모습을 드러낸다

어떤 뼈에는 선선한 가을바람이 묻어 있고
어떤 뼈에는 어두운 숲속을 헤매는 가쁜 숨소리가 들어
있다
어떤 뼈에는 포악한 탐욕의 이빨 자국이 찍혀 있고
어떤 뼈에는 매미 우는 소리, 귀뚜라미 소리,
새들 지저귀는 소리들이 화석으로 고여 있다

시간은 수많은 바람과 소리와 그림자들과 함께 지나가
버렸지만
그 단단함은 뼈의 모습으로 땅속에 고스란히 묻혀 있었
구나

밀물과 썰물

밀물
나무 한 짐 가득 지고
쿵쾅거리며 산비탈을 뛰어 내려오는
일꾼들의 기세다

뒷마당에 무거운 짐 다 부려 놓고
막걸리 한잔 나누는 호흡이다

먼바다에서 건져온
미역, 다시마, 파래, 톳, 마자반, 청각들을
모래밭에 잔뜩 내려놓고
판소리 한 대목 가다듬는 추임새다

이제 비로소
밀물은 스스로 썰물이 된다

썰물
모든 욕망 다 버리고 돌아서는
뒷모습이다

텅 빈 등허리에 햇빛 쏟아진다

꽃상여 메고 돌아가는 골목길에
서럽게 흔들어대는 요령 소리다

그들이 다 떠나가고 난 텅 빈 모래밭에는
작은 짐승들이 거닐어도
그 발자국이 깊고 깊다

삭발하는 마음

겨울날 백양나무 숲으로 걸어 들어가네
찬바람이 나무 사이사이를 휘저을 때
그들은 호흡을 멈추고 하얀 피부를 드러낸 채 서 있네
나도 그 곁에 나란히 서네

사람들이 옷을 하나하나 껴입기 시작할 때
그들은 옷을 하나하나 벗어 던지네
하얀 다리와 탄탄한 몸뚱이를 찬바람 속에 담그고
한 계절의 벼랑을 건너가네

그들이 한 시절 풍성했던 초록빛을 모두 버리듯
나의 모든 욕망의 잎사귀들을 깨끗이 떨구는 일
하얀 실핏줄에 붙어 있던
작은 사념의 잎사귀까지 아낌없이 버리는 일
그것이 내 삶의 겨울을 건너는 몸짓이네

내가 그 숲에 머무르며
한 그루 백양나무로 꼿꼿하게 서 있는 동안
백양나무들은 모두 이 숲을 건너

하나하나 저 언덕으로 뚜벅뚜벅 걸어가고 있네

이제야 멀리 바라보이는 저 언덕의 백양나무 숲

냇물 따라 걷다 보면

들판을 흐르는 냇물을 따라 걷다 보면
어떨 때 도란도란 흐르고
어떨 때 쩌렁쩌렁 소리를 지르는지
알 것도 같다

어떨 때 졸졸졸 흐르다가
어떨 때 울음 섞인 목소리로
휘돌아가는지 알 것도 같다

다정하게 조용히 흐르다가
어떨 때 입에 거품을 물고 흐느끼며 자지러지는지
알 것도 같다

잔잔한 수면
흰 구름 군데군데 떠 있는
파아란 하늘을 가슴으로 품고 살다가
어떨 때 그 하늘을 종잇장처럼 꼬깃꼬깃 구겨 버리는지
알 것도 같다

냇물 따라 인생을 걷다 보면

마음으로 걷는 길

사람은 누구나 삶의 길을 걷는다

길을 걷다가
어떤 이는 절벽을 만나고
어떤 이는 낭떠러지를 만난다
어떤 이는 가시밭길을 만나고
어떤 이는 진흙탕 길을 만난다

우리의 운명 앞엔
천 갈래 만 갈래의 길이 있다
누구나 길을 잘못 들 수가 있다
몸에 이끌려 화려한 길만을 걸으면
순간은 환락이지만
얼마 못 가서 고꾸라지기 십상이다
쓰러진 몸을 다시 일으키는 건 마음이다

모든 길은
마음으로 걷지 않으면 헤쳐갈 수가 없다
마음을 칼보다 날카롭게 갈아야 한다

마음을 바위보다 무겁게 가라앉혀야 한다
그리고 다시 강철 같은 마음으로 새 길을
뚜벅뚜벅 돈독하게 걸어가야만 한다

그때 비로소 길 위에 햇빛이 반짝이고
따스한 하늬바람 사이로 꽃향기가 풍기는 거다

가을에게

서둘러 만나러 왔다가
툇마루에 걸터앉아 보지도 못하고
토방 아래 서 있다가 그만 떠나가는 그대
벌써 그 비움의 숲속으로 들어가려는가

쌀쌀한 바람 빠져나가는 사립문 앞을
쓸쓸히 지나가는 그대 등허리에
외로운 잎사귀 하나
붉은빛으로 지고 있는 걸 보고 있네

청둥오리

청둥오리 한 쌍이
강물 위에 유유히 떠 있네
아주 다정하게 보이네

그 다정한 모습을 위해
수면 아래
끊임없이 물갈퀴질을 하고 있다는 것을
나중에야 알았네

나도
내 마음의 수면 아래에서
열심히 물갈퀴질을 하며 살아야겠네

투명한 벽

어느 찰나였던가 내가 열심히 컴퓨터 자판을 두드리고 있었나 봐요 갑자기 밖에서 '텅' 하는 소리에 얼른 나가 보았지요 거실 유리창에 부딪혀 떨어진 새 한 마리가 풀밭에 쓰러져 온몸을 부르르 떨며 혼절해 있었어요

새들이 비상하며 바라보면 텅 빈 유리창은 멀리 펼쳐 있는 흰 구름 떠도는 아름다운 하늘길이겠지요 그런데 새가 그 푸른 하늘길을 향해 쾌속으로 직진하다 보면 이마를 '텅' 부딪히고 나서야 그게 갑자기 앞을 가로막는 무서운 벽이었다는 걸 깨닫게 되겠지요

나는 망연자실 정신을 못 차리고 있는 그 새에게서 따뜻한 체온을 느끼며 짚으로 만든 안락한 둥지 속에 고이 모셔주었지요 다시 일어나 자유를 향해 날아가라고

나는 지금까지 얼마나 많은 투명한 벽에 몸을 부딪혀 쓰러지고 다시 일어나 예까지 걸어왔을까요 컴퓨터 자판 사이에도, 모니터 화면 속에도 투명한 벽이 간혹 서 있어요 마음이 앞서갈 때면 항상 투명한 벽 앞에 고꾸라지곤 했지요 혼절하여 날지 못하는 한 마리 새처럼

목련꽃 활짝 피었네

어젯밤 창 너머에
등불 무수히 걸려 있던 나뭇가지
새 아침에 바라보니 하얀 새 떼 앉아 있네

하얀 새들
살랑살랑 부는 봄바람 따라
저 푸르른 창공으로 날아오르려고 안간힘을 쓰지만
종일 날갯짓만 파닥거릴 뿐 날 수가 없네

나뭇가지마다 질기디질긴 연줄로 새들의 발을
단단히 묶어 놓고 있기에

피안으로 가는 길

폭탄주 마신 날 밤은 항상 위험하다 몸이 언제 폭발할
지 모르기 때문이다 한번 폭발하기만 하면 그 위력은 대단
하다 튀밥 기계가 내는 소리보다 더 큰 '펑' 소리와 함께 위
장, 간장, 심장, 그리고 구불구불한 모든 창자들이 갈기갈
기 찢겨 날아가 투명하고 냉정한 무의식의 저편 유리창에
붙어 걸레 조각처럼 바람에 나부낀다

수색조가 먼저 출발한다 그들은 암울한 빛깔의 거리를,
콘크리트 빌딩의 단단함을 깨어 있는 전조등으로 수색한
다 그 후 무등산 발치에서 무전을 친다 "이상 없음. 오버!"
나는 자동차에 폭탄을 그득 싣고 위험한, 아니 적이 안심
이 되는 잠행을 감행한다 그렇지만 이데올로기가 살고 있
다는 피안으로 통하는 '배고픈다리'를 건너는 일은 언제나
매우 위험하다 그 다리는 한밤중에도 공복처럼 차디찬 욕
망으로 빛나고 있기 때문이다

다리를 무사히 건넜을 때가 더 큰 문제다 수풀의 어둠
속에 깃들어 잠자던 뻐꾸기, 부엉이, 소쩍새, 그리고 참
을 수 없이 가벼운 참새들의 존재까지 모두 깨어 일어나서

'펑, 펑, 퍼버벙 뻥!' 폭발음을 내며 차디찬 대리석 난간에 피투성이로 튀겨 붙는다 아, 위대한 자연의 폭발이다

그때 〈콰이강의 다리〉 배경 음악이 휘파람 소리로 들려 온다

제2부

동백꽃

그 여자의 새빨간 입술 속으로 미혹의 길이 보였어요 깜깜한 동굴이 깊게 파여 있었지요 나도 모르게 끌려 들어가 무릎을 꿇은 채 정신없이 꿀을 빨고 있었지요 그러고 보니 새빨간 입술은 하나가 아니었어요 여기저기 수많은 붉은 입술들이 나를 빤히 쳐다보고 있었지요 나는 동박새처럼 이 가지 저 가지를 건너다니면서 달콤함에 점점 취해가고 있었어요 시간이 빠른 속도로 증발해 버리고 나는 한참을 꿈속으로 걸어 들어가고 있었어요

꿈속에서 간신히 빠져나와 정신을 차리고 보니 동백나무 밑에 새빨간 입술들이 무수히 떨어져 나뒹굴고 있었어요 증발해 버린 건 시간인가요 향기인가요?

팽나무와 노박덩굴

우리 집 뒷담 너머 숲으로 가는 길에 몇백 년 살고 있는 팽나무 한 그루가 있어요 어릴 적 팽나무 작은 열매로 딱총을 쏘면 '팽'하고 날아갔지요 배고프던 시절 까맣게 익은 팽나무 작은 열매의 달콤한 맛 지금도 삼삼하지요

겨울날 뒤뜰에 서서 오랜만에 어릴 적 그 팽나무를 쳐다보고 있었지요 뭉게구름처럼 풍성한 푸른 잎사귀들을 보며 속으로 감탄했지요 아직도 참 정정하시구나 그런데 문득 겨울인데도 잎이 지지 않고 푸르다는 것이 좀 이상했어요

골목길을 따라 올라가 팽나무 곁에 가서 가만히 살펴보니 그 푸르고 풍성한 잎은 팽나무의 잎이 아니었어요 그것은 팽나무 몸통을 구렁이처럼 감고 가지마다 끝까지 점령하여 왕성하게 살고 있는 덩굴의 이파리들이었어요 누군가 땅속에 박힌 그 덩굴의 밑둥치를 잘라 놓았지만, 덩굴은 이미 팽나무의 몸통에 무수히 뿌리를 박고 있어서 도리어 기백이 넘치고 있었지요 팽나무는 그저 온몸을 덩굴에 내맡기며 묵언 수행 중이었지요

글쎄 구렁이처럼 감고 돌며 남의 몸속 진액을 빨아먹고

사는 녀석이 팽나무 꼭대기에서 나발을 불어대고 있더라
니까요

겨울의 입구에서

감나무 꼭대기 빨간 까치밥마저 사라지고
그림자만 바람에 살랑거리네
동구 밖 은행나무는 황금빛 이파리 다 지우고
앙상한 가지에 햇빛 조각만 일렁이네
그 곁 고롱나무도
말라비틀어진 노랑 열매만 업보처럼 주렁주렁 달고 있네

들판엔
지난날 풍요의 노래 이미 그치고
진흙빛 밑둥치만 남아 허허롭네
길가 작은 대숲에 깃들어 있는 참새들 소리만
억새꽃 하얗게 흩날리듯 재잘거릴 뿐

겨울의 입구에 서서
우리들의 오랜 동안거, 그 아득한 적막을 들여다보네
한 시절 견디고 부대껴야 했던 두 손바닥을 다시 들여다
보네
겨울은 늘 우리에게 차디찬 얼음의 두께를 보여주었지
언덕을 지나 들판을 건널 때 불어닥친

화살처럼 날카로운 바람의 눈초리를 보여주었지

텅 빈 들판에는 찬바람만 가득하지만
들판을 가로지르는 도랑물은
아직도 쩌렁쩌렁 들판을 울리며 흐르고 있네

숲속의 새들

숲은 온통 새들의 세상이네
이 나무 저 가지로 옮겨 다니며
무수한 언어를 뿜어내네

짹짹짹짹
휘이익 휘이익
소쩍 소쩍 소쩍
지지배배 지지찍
찌이익 찍찍찍

새들은 겨레마다 서로 언어가 다르지만
통역이 필요 없네

새들은 다른 종족들과 싸우지 않으니
나뭇가지 사이사이로 기쁨의 노래가 출렁이네

삐릭삐릭 삐리릭 삐삐
뻐꾹 뻐꾹 뻐꾹
찌릭 찌릭 찍찍

호로로로 휘이익

새소리 휘감긴 숲속 나무들 틈새엔
부드러운 햇빛이 가득하네

나리꽃

나는 지금 돌담 아래 쓰러져 누워 있어요 내 얼굴의 하얀 빛깔, 그 무게가 너무나 진중하여 일어설 수가 없어요 희디흰 향기 때문이에요 내 얼굴 가까이 몰려드는 하루살이가 솜털 같은 시간을 짊어지고 코끝에 아른거려요 이때 재채기를 해야 하나요

눈과 코와 귀, 그리고 입이 하나하나 소멸되어가는 시간이에요 누가 나를 좀 일으켜주세요

해오라기 한 마리 저 파란 하늘 속을 한없이 날아가고 있네요

맨드라미

너를 바라보면 새벽이 보인다

볏 붉은 수탉이 홰를 치며 외치는
그 뜨거운 희망가
높은 음계의 목청이 살아 있다

동녘에 빛 밝아오는 첫새벽
차가운 철길 가르고 지나가는 급행열차
그 힘찬 기적 소리 뒤에 붉디붉은 적막이 살고 있다

백로의 날갯짓

백로의 하얀 날갯짓을 찍으려고
강변으로 가네
가만가만 다가가서 카메라를 들이대면
백로는 화들짝 놀라
날개를 쫙 펴며 달아나네

이미 카메라 속에선
백로 파닥거리는 소리 들리네

어린 시절 밤길을 걷고 있었네
갑자기 공중에서 빛이 내려와
내 몸에 화살처럼 꽂히기 시작했네
화들짝 놀라 혼비백산 도망쳤네

카메라 한 대가
머나먼 어느 행성에서 날아와
지구의 한 아이를 찍고 있었네
퍼덕거리며 내는 숨소리를 담고 있었네

어린 나의 날갯짓이

우주의 어느 별, 어느 벽에 붙박여

지금도 파르르 떨고 있는지 모르겠네

맨발 걷기

사람들이 바닷가 모래밭을 맨발로 걷는다
멀리서 온 캠핑족들도 걷고
가까운 펜션 손님들도 걷는다
공용주차장에 차박 하고 있는 가족들도 걷는다
바닷가 마을 사람들도 함께 걷는다

멀리서 온 사람들은
포근한 모래밭을 맨발로 걸으며
간혹 허리 굽혀
살결 곱고 예쁜 빛이 감도는 조약돌을 줍는다

바닷가 마을 사람들은
파도 살랑이는 모래밭을 맨발로 함께 걸으며
가끔 허리 굽혀 날카로운 유리 조각을 줍는다

멀리서 온 사람들은
모래밭을 맨발로 걷다가
푸른 파도와 상큼한 바람을 배경으로
사진을 찍고 또 찍는다

바닷가 마을 사람들 가슴속에는

이미

소금기에 절어 있는 수만 장의 사진이 박혀 있다

.

홍도화

햇볕 좋은 봄날, 행여 예쁜 봄꽃 한 송이 만날까 하고 카메라를 메고 길을 나섰습니다 무등산 증심사 골짜기 냇물 따라 무심코 걷고 있는데 건너편 언덕 '동곡사' 뒤뜰에 홍도화 붉은빛이 하늘을 덮고 있었습니다 나도 모르게 그 빛깔에 홀려 허둥지둥 그 빛을 좇아 걸었습니다. 물을 건너고 풀숲을 헤치고 정원석 담을 딛고 무작정 석탑 옆으로 기어올랐습니다 막 경내로 접어드는 순간 천둥소리가 내 머리통을 후려칩니다

"네 이놈! 이 무도한 놈아, 사람 길도 모른 놈이 꽃을 탐해? 여기가 어디라고, 빨리 나가 이놈아!"

노스님이 마당을 쓸다 빗자루로 내 앞을 가로막고 소리쳤습니다 나는 깜짝 놀라 사찰문을 빠져나와 혼비백산 도망치고 말았습니다

홍도화는 아직도 먼발치서 나를 향해 아스라이 붉은 유혹을 보내고 있었습니다

청천벽력

바닷가 모래밭을 걷다가
무심코
모래가 부풀어 있는 작은 구멍을
밟았다

알고 보니
손톱보다 더 작은 게들의 집이었다

그들에겐
얼마나 무서운 청천벽력이었을까
미래의 시간과 꿈의 공간이 한순간에 무너지는
얼마나 처참한 가슴이었을까

남포*의 돌꽃

죽음의 축제는 이미 막을 내렸고 영화 속 어머니의 손사래질만 소등섬 파도로 부서지고 있네 이 마을엔 겨울이면 돌들이 하얀 꽃을 피워낸다는 전설이 살고 있다네 '갈 봄 여름 없이'* 불어오는 산들바람들이 차가운 돌에 부딪히면 저렇게 하얀 꽃이 피어나는가 먼바다에 떠 있는 섬들의 나직한 언어들이 밀물로 밀려들면 수만 송이의 돌꽃*들이 저토록 하얗게 웃음 짓는가

뜬구름 사이로 붉은빛이 쏟아져 내리네 신화가 산호처럼 자라고 있는 섬, 바닷물이 갈라져 그 섬으로 통하는 호젓한 길을 보여주네 바닷길이 뭇사람의 발자국들을 껴안을 수 있는 시간만큼 파도는 가쁜 숨을 몰아쉬며 달려오네

부서지는 파도의 물빛으로 미소 짓는 돌꽃들도 세월을 따라 한 송이 한 송이 만가輓歌 속으로 사라져 가는 축제의 바닷가

* 남포 : 전라남도 장흥군 용산면 상발리에 있는 소규모 어항. 바로 앞에 '소등 섬'이라는 무인도가 있다. 이청준 원작의 영화 〈축제〉의 촬영지이다.
* '갈 봄 여름 없이' : 소월의 시 「산유화」의 한 구절.
* 돌꽃 : 석화(石花), 굴.

50

옛 대장간 앞에서

매일 학교를 오가며 지나던 대장간
풀무질 소리 씩씩거리고
벌겋게 단 쇠 도막을
망치로 내리치는 소리 쩡쩡거리던 곳
물속에 푸시시 담가내면
낫이 되고 도끼날이 되었네
괭이가 되고 호미가 되었네

반세기가 지난 오늘 옛 시장통 지나니
시끌벅적하던 오일시장은 자취도 없고
창고들만 즐비하게 서 있네
시장통 싸전 머리 대장간 자리엔
"허브공원"이라는 간판이 서 있고
벌겋게 달아오르던 도끼날은 동백꽃으로 붉게 피고
날 선 낫은 노오란 산수유로 피어났네

씩씩거리던 풀무 소리는 허브향으로 부드럽고
작은 시냇물 조잘거리는 소리에 햇빛이 반짝이네

들판에 자귀나무 꽃 피었네

들판을 걸었네
벼 포기들이 쑥쑥 자라고 있었네
포기 사이사이로 따뜻한 바람이 불고
흰 구름이 둥둥 떠가고 있었네

그때 문득 들리는 소리
꽹과리 소리 깨갱 깽깽
징 소리 지잉~ 지잉~
장구 소리 덩더꿍 덩더꿍
북소리 둥둥둥
태평소 소리 띠띠 떼떼
잔치 벌이는 소리가 온 들판에 가득했네

뒤를 돌아보니 논 가에 우뚝 서 있는
자귀나무 한 그루
그 안에 수백 송이 꽃들이
상모를 돌리고 있었네

제3부

뒷개 바람

쥐치들의 썩은 시체가
바람을 따라 뛰어온다
그 파르란 눈알들이 유달산에 쌓이는데
사람들은 까맣게 모르고 바람 냄새만 맡고 있다

바람은 세월을 몰고 아득한 옛날로부터 와서
저 미래의 모퉁이를 향해 불어가고 있다
간혹 물 위에 떠 있는 조각배 위에서
둥둥둥 북을 두들기면
북소리에 발을 맞춰 불어가는 바람

그 바람의 커다란 눈알을 보았는가
우물처럼 움푹 파인 그 눈자위도

윤이상의 바다

고국은 그를
독일에서 납치해 와 서대문형무소에 처넣었다
2년 후 세계 이목이 두려워
마지못해 풀어주며 독일로 내쫓았다

독일인으로 살면서도 통영 앞바다 그리워
유년의 파도 소리, 바람 소리를 먹물에 담가
큰 붓으로 눌러 그려 내어 클라리넷과 피아노 속에 넣었
다

동피랑 언덕길 가을바람에 흔들리며 피어나던
쑥부쟁이, 구절초 꽃잎도 작은 붓으로 그려
플루트, 오보에, 바이올린, 첼로의 튼실한 줄로 삼았다

그래도 그립고 그리우면
뮌헨 시가지에 인당수 깊은 바닷물 채워 놓고
심청, 심학규, 뺑덕어미를 데려와 놀게 했다
칠월 칠석 통영의 하늘에서
은하수 건너 만나려던 견우와 직녀도

독일의 밤하늘에 그려 넣었다

고국을 그리다가
'광주'를 부둥켜안고 울고 울다가
머나먼 타국에서 하늘로 가 버린 그
이제는
통영 앞바다 반짝이는 물결 속에
살랑이는 바람 소리로 살아 있다
수자폰처럼 큰 귀가 우주의 소리를 모아 듣는
윤이상의 바다

토우장식항아리

경주의 하늘 아래에서
시간의 문을 열고 들어가니
천육백 년 전의 공간이네

조그만 껴묻거리 항아리 하나에
그 시대의 세상이 옹기종기 붙어 있네

하늘에 새가 날고
강물엔 물고기가 꼬리를 찰랑대네
개구리 뒷다리를 물고 흔드는 뱀
숲속을 홀로 뛰어가는 토끼
바닷속 헤엄치는 고래도 보이네

어느 집 마루에선
한 여인이 어린아이를 안은 채 연주하는
가야금 소리 은은하게 퍼지네

어느 집 안방엔
발가벗고 엎드려 있는 여인의 엉덩이에

팔뚝만 한 성기를 들이대는 남정네
그 가쁜 숨소리 가득하네

느슨한 삶의 언덕을 뉘엿뉘엿 넘어가는
거북이 한 마리도 보이네

측백나무 한 그루 서 있네

무등산 증심사 일주문 지나
가파른 길 오르면 취백루
그 앞에 측백나무 한 그루 서 있네
아이를 등에 업고 서 있네

한겨울 밤
온몸이 불덩이처럼 펄펄 끓는 아이를 업고
읍내 병원까지 삼십 리 길을
칼바람을 헤치고 단숨에 달려간 엄마,
불 꺼진 창문을 다급하게 두드리던 그 엄마의 마음이
여기 서 있네

나무는 아이를 업고
가파른 언덕을 오르며 또 한세상을 건너고 있네
나지막이 염불을 외우며 건너고 있네

로드킬
— 조장鳥葬

    가지산 보림사 넘어서니 아스팔트 길 위에 한 마리 고라니 시신으로 놓여 있네 천장사天葬師인 늙은 라마승의 칼춤은 이미 끝났고 갈기갈기 찢어진 붉은 피 낭자한 시체만 하늘을 바라보고 있네 검은 상복을 차려입은 새들이 조문하는 마음으로 주위를 돌며 지저귀네 푸드득 푸드득 날갯짓으로 멀리 날아가는 고라니의 영혼을 배웅하네

    이윽고 검은 새들은 고라니 시신 속에 들어 있는 가지산 골짜기 흐르던 파란 하늘 조각들을 뜯어먹기 시작하네

    문득 고라니 시신에서 푸른 날개가 돋아나네

바다 노인

동트기 전에 바다를 만나러 갔다
그 푸르던 바다는 어느새 노인이 되어 앉아 있었다

그 포용의 힘이 대단하다는 노인
뭐든지 마다하지 않고 끝없이 품어주는
무변광대의 가슴을 가진 태고의 바다

그렇지만 이제
바다는 토해내고 있었다

모든 걸 다 품어 안는다는 성인일지라도
쇠꼬챙이 같은 언어들을 다 받아들이지는 못하겠지
세상의 모든 이치를 깨달은 군자라도
쇠스랑을 들고 덤비는 야수의 몸짓을 품어 안지는 않겠지

빛바랜 고무장갑, 빈 박카스 병,
부서진 스티로폼 박스,
찢어진 라면 봉지, 깨진 플라스틱 병, 해진 운동화 짝,
찌그러진 맥주 캔……

노인은 파도의 몸짓으로
마파람의 연주에 화음을 맞춰
연방 토악질을 해대고 있었다

고양이 한 마리 죽어 있네

봄날 읍내 꽃 시장에서 사와 심어 놓은 함소화 몇 그루
그 꽃 피었다는 소식에 꽃 보러 갔네
이름처럼 가벼운 미소 머금고 있는, 갓 피어난 꽃잎 보
고 돌아서는데
사랑채 모퉁이에 파리 떼가 잉잉거려 자세히 보니
기둥 구석에 고양이 한 마리의 주검이 있네

눈 빤히 뜨고 나무 둥치 뒤에 누워 있는 주검
늘 내 창가에 와 밥 달라고 칭얼대던 바로 그 녀석일세
밥을 내주면 꼬리를 곧추세우며 고맙다고 야옹거리던
귀여운 고양이
그 보드랍던 몸뚱이가 오늘은 석고처럼 굳어 있네

주검을 소중히 수습하여
뒤 골짜기 머위 밭에 고이 묻어주었네
그의 짧은 생애를 보드라운 흙으로 덮어주었네
동백나무 숲에 깃들여 있던 동박새들이
참나무 가지에 앉아 있던 참새들이
줄지어 내려와 곡하는 소리 골짜기에 가득하네

까마귀도 까악 깍 울며 조의를 표하네

화단 한쪽엔 아직도 함소화 웃음소리 담장을 넘는데

고하도 건너가기

통통배 타고 파도 넘어가던 섬
오늘은 케이블카 타고 건너간다

방게 농게 재잘거리며 놀던 뒷개에서
바닥이 환히 비치는 크리스탈 캐빈을 타고
유달산 넘어 고하도로 건너간다

검정 구두, 밤색 등산화, 붉은 하이힐 사이로
숨 몰아쉬고 오르던 유달산 언덕길도 지나가고
발아래 잡목 숲 사이 참새 떼 포르르 날아오른다
유달산 기슭 다닥다닥 붙은 지붕들도 발 사이로 보인다

세상 모든 게 발아래로 스쳐간다
여객선도 고기잡이배도 커다란 상선도
저 아래 출렁이는 바다 위에 떠 있다

고하도 스테이션에 다다르자
우리는 시대의 캐빈에서 벗어나 언덕을 오른다
차곡차곡 쌓여 있던 세월의 계단이 하나씩 하나씩

무너져 내린다

바다 위로 난 데크 길을 걷는다
뻘밭에 튀어 오르던 옛날의 꼴뚜기가
오늘은 발아래 파도가 되어 출렁거린다

소리에 대하여

– 고향 집에 홀로 묵으며

한 줄기 바람 소리 앞마당을 쓸고 지나가네
갈잎 서걱이는 소리
멀리서 까악깍 까마귀 우는 소리
아침부터 저녁까지 새들 지저귀는 소리
뜰 안에 가득하네

사람 소리는 오직 기기 속에서만 들리네
스마트폰 텔레비전 전기밥솥, 그 안에
사람 목소리 사람 웃음소리들이 살아 있네

모두 지구 돌아가는 소리네

고추잠자리

여객기 한 대 낮게 떠 있네
추락을 모르는 영원으로의 비행
창문마다 생명의 눈동자 번득이네

눈동자는 삼라만상의 은유
눈동자 속에 나무가 자라고
눈동자 속에 꽃이 피고
눈동자 속에 불꽃이 튀기고
눈동자 속에 바위가 굴러가네

우주로 흐르는 빛나는 강물 위에
크나큰 여객기 한 마리 파닥이네

날개

오늘은 강변에 우두커니 서서
새들의 날아오르는 모습을 바라보았네

수면을 박차고 날개를 퍼덕이며
날아오르는 수많은 새들
그들의 날개 끝에는 저마다의 삶이 비쳐 있네

수면 위를 낮게 나는 새
그 날개에 반짝이는 물결이 고동치네

강 언덕 갈참나무 숲으로 날아가는 새
그 날개에 나뭇가지가 주렁주렁 매달려 있네

축제의 다리 위를 넘어 날아가는 새
그 날개에 수많은 깃발이 펄럭이네

도심으로 방향을 잡은 새
두 날개에 콘크리트 빌딩의 창문들을 가득 달고
낑낑대며 날아가고 있네

빈 마음으로 높이높이 솟아오르는 새
그 날개 끝에는 가벼운 솜털 구름만
꿈결처럼 일렁이고 있네

시집 봉투

나는 태어나 출판사에 배정을 받게 되었어요
출판사 직원은 나를 위아래로 훑어보더니
내 몸에 어느 시인의 이름을 새겨 넣어주었지요
또 하나의 운명의 갈림길이었어요

그날 이후
나는 시인의 책상 위에 앉아 나의 임무를 기다리고 있었
어요
이윽고 시인은 내 몸에 당신의 시집 한 권을 넣어주셨어
요
그리고 멀리 지리산 골짜기에 살고 있는
어느 시인의 집에까지 데려다 달라는 거였어요
이것이 내 생의 임무였어요

우체국에서는 여권에 날인하듯 내 손바닥에 소인을 찍
어주고
우주선을 닮은 캄캄한 자루 속에 넣어주었어요
나는 우편 트럭 안에서 우주를 비행하는 꿈을 꾸었지요
캄캄한 하늘에 별들이 흩뿌려지고

그 아래 모깃불이 솔솔 피어오르는 모습도 보였어요
초록빛 나무 밑에 예쁜 꽃들이 피어나는 것도 보았어요
강가를 거닐며 부는 시인의 휘파람 소리도 들었어요
간혹 환한 웃음소리도 들렸지만
어느 순간 시인의 흐느끼는 울음소리도 들었어요
때론 안개가 자욱한 바닷가에 푸른 파도가 철썩이고
갈매기가 안개 속을 날아오르기도 했지요
햇볕 따사로운 날 새색시가 시집가는 모습도 보였어요
이게 다 내 안에 시집이 들어 있기 때문이라는 걸 알고
있었죠

몇 군데의 집하장을 들러 지리산 우체국에 당도하자
나는 그제야 제정신이 들었어요
풋풋한 풀꽃 냄새가 콧가를 스쳐가고
골짜기에 물 흐르는 소리
드디어 시인의 집에 도착한 거예요

시인은 나를 보더니 깜짝 반가워하며
내 안에서 시집을 꺼내더니 나를 책상 귀퉁이에

반듯이 앉혀 놓았어요

이제 나는 내 생의 임무를 다했어요
시집 한 권, 시인의 집에서 다른 시인의 집까지
안전하게 배달하는 배달부
참 뜻깊은 한 생이었어요

폐선

바닷가 모래밭에
작은 어선 한 척 누워 있네요
가쁜 숨 몰아쉬며 밧줄에 묶인 채
나자빠져 있네요

젊은 시절
날마다 저 푸른 파도를 가르며
통통통통 먼 바다로 나가 고기잡이하던 배
몇 년째 핵 오염수를 마시면서도 열심히 출어하여
생선을 가득가득 싣고 돌아오더니
이제는 저 모습으로 드러누워 있네요

남녘 바다에서 짜디짠 바람이 불어오네요

제4부

밀물

그들은
등 떠밀려 마지못해 들어오는 것이 아니다
바위를 깎아 다듬은 단단한 신념을 품고 달려드는 것이다

하늘에 닿고도 남을 저 함성을 들어 보아라
칼날처럼 번쩍이는 파도의 낯빛을 보아라

그들은
등 떠밀려 마지못해 들어오는 것이 결코 아니다
굳건한 의지를 죽창처럼 세우고 달려드는 것이다

두 눈에 불을 켜고 일렬종대로 늘어서서
금남로를 지나 도청으로 진군하는
시내버스들처럼
택시들처럼

도깨비 잔치

한밤중 유치로 넘어가는 길
수몰된 지동마을 근처에 서면
산등성이에 도깨비들이 덩실덩실 춤추고 있다

읍내 장날 김 첨지는 이웃 마을 친구들 만나 여기서 한
잔 저기서 한잔 막걸리에 거나하게 취했다 돼지고기 서너
근 사서 새끼줄로 꽁꽁 묶어 허리춤에 매달고 한밤중 취한
채 고개를 넘고 있었다 고갯마루에 이르렀을 때 어디선가
도깨비 녀석이 불쑥 나타나 씨름 한판을 청했다 오른 다리
를 걸면 넘어지는데 왼 다리를 자꾸 치니 도깨비는 키가
쑤욱쑤욱 커져서 더욱 자빠뜨릴 수가 없었다

그 장대처럼 키가 큰 도깨비들이
축제를 벌이는가 보다
마을과 함께 물에 잠겼던 도깨비들이 뛰쳐나와
밤이면 저렇게 춤을 추는가

김 첨지가 어쩌다 안간힘을 써서 오른 다리를 착 걸자
허망하게 쓰러진 도깨비를 소나무에 꽁꽁 묶어 두고 집으

로 돌아왔다 집에 돌아와 보니 허리춤에 차고 있던 돼지고
기는 온데간데없고 빈 새끼줄만 달랑거리고 있었다

    도깨비들의 춤사위가 펄럭일 때마다
    옛 마을을 덮고 있는 수면 위에
    불빛들이 반짝인다
    고향 잃은 애잔한 마음들이 출렁이고 있다

    날이 밝자 김 첨지는 묶어 둔 도깨비에게 잃어버린 돼지
고기를 찾으러 가 보니 피묻은 낡은 몽당빗자루 하나가 뎅
그마니 묶여 있었다

    날이 밝아 물속에 잠긴 지동마을 근방에 다시 서니
    바람으로 전기를 만든다는 풍력발전기들이
    덩실덩실 춤을 추고 있다

시인 김준태

등단한 뒤 입대하여 베트남전 파견된 해병대 출신 시인
제대 직후 대학에 복학했다
70년대 초 어느 가을날
법원 앞 동산다방에서 그를 처음 만났다
그의 눈에는 파도가 출렁이고 있었고
그의 가슴에는 부산항에서 베트남 캄란만까지의 엄청난
용량의 태평양을 품고 있었다
그의 가슴은 이미 해남 화산면 대지리 앞 작은 바다가
아니었다

충장로 '1번지다방'이나, 중국집 '왕자관'이나, 그 앞 '통
술집'에서도
그 가슴의 파도는 다만 출렁일 뿐이었다
경상도 사천 용현면 용정천에도 가슴속 바닷물을 흘려
보냈다
함평 학다리 그 다리 밑으로도 그는 짜디짠 바닷물을 흘
려보냈다

그런데 80년 5월

그의 가슴속 잔잔하게 일렁이던 태평양 바닷물이 끓어
넘쳤다
   넘쳐서 금남로, 충장로, 지산동, 산수오거리, 양동시장
을 넘쳐 돌아
   영산강 줄기 타고 흘러 세계의 바다와 땅, 오대양 육대
주를 다 적셨다
   "아아, 광주여 우리나라의 십자가여!"*
   바닷물이 끓어 넘쳐 하늘의 언어가 된 것이다

   무등산은 항상 광주 사람들에게 따뜻한 팔을 벌린다
   무등산은 항상 젊은 시인 김준태를 지켜보고 있다
   그가 왜 울고 있는지, 그가 왜 고함을 지르는지
   그의 큰 바다가 왜 울부짖으며 끓어 넘치는지를
   무등산은 가만히 보고 있다

   그는 "1980년 7월 31일/저물어가는 오후 5시/동녘 하늘
뭉게구름 위에/그 무어라고 말할 수 없이/앉아 계시는 하
느님을/나는 광주의 신안동에서 보았다"*고 했다
   무등산이 조용히 내려다보고 있는 가운데 시인은 하느

님을 본 것이다

　이제 김준태 시인은
　"돌멩이를 주물러서/떡을 만들고 칼을 주물러/물고기를
만들어"*
　이 세상 중생들에게 줄 수 있게 되었다
　지금 김준태 시인은
　그의 가슴에 "피묻은 칼을 녹슬게 하는"* 크나큰 바다를
지니고 있다
　그 너른 가슴으로 흙밭에서 '총알'을 파내고 '강낭콩'을
심는* 일이
　휴전선 허물고 남북이 하나 되는 길이라고 그는 오늘도
노래 부른다

* 김준태의 시 제목. 5·18 민주화운동을 다룬 첫 번째 문학 작품으로, 1980년 6
월 2일 〈전남매일신문〉에 실린 109행에 달하는 장시이나 최초 게재 당시에는
군부의 검열 때문에 전체가 실리지는 못했으며, 지면에 나올 수 있었던 것은
고작 1/4남짓인 33행뿐이었다.
* 김준태의 시 「나는 하느님을 보았다」의 한 구절.
* 김준태의 시 「노래, 오늘」(2021. 03. 28. 김준태의 페이스북)의 한 구절.
* 김준태의 시 「평화연습」(2021. 03. 21. 김준태의 페이스북)의 한 구절.
* 김준태의 시 「강낭콩」(2020. 01. 01. 김준태의 페이스북)에서 차용함.

'칡'에 대한 사회학적 고찰

참 무서운 놈들이다

경계도 따지지 않고 무조건 침략부터 하고 본다
일단 점령하면 그 땅에 새 뿌리를 박고
또 다른 영역을 향해 돌진한다
앞길을 가로막는 자가 있으면
둘둘 감고 올라가 목을 조른다

놈들은 밤에는 늑대 울음소리를 내며
음모를 꾸며 새로운 작전을 개시한다

날이 밝으면
그들은 벌써 한 벌을 차지하고 나서
나발을 불고 있다

자줏빛 화려한 꽃에서조차
이국인들의 겨드랑이에서 나는
이상한 냄새를 풍기는 놈들이다

참 무서운 점령군이다

안중근은 살아 있다

– 영화 〈영웅〉을 보고

어머니 장마리아 여사는
"너의 죽음은 너 한 사람 것이 아니라
조선인 전체의 공분을 짊어지고 있는 것이다."

아들 안중근은
"이 불초자를 너무나 생각해주시니
훗날 영원의 천당에서 만나 뵈올 것을 바라오며
또 기도하옵니다."

아, 이 모자의 대화가
역사의 깊은 골짜기를 바람처럼 훑고 지나갑니다
"네가 항소를 한다면 그것은 일제에 목숨을 구걸하는 짓
이다.
네가 나라를 위해 이에 이른즉 딴맘 먹지 말고 죽으라."

어느 어머니가 자식에게 "죽으라." 말할 수 있겠습니까

그 길로 목숨을 던졌지만
안중근은 아직도 살아 있습니다

수많은 '이토 히로부미'들이 역사의 거리를 활보하는 이
시대
　이제 곧 수천수만의 안중근이 되살아나
　그들을 통쾌하게 저격할 것입니다

하눌타리

우리 마을 '정문뎅이'*에 하눌타리 꽃 하얗게 피었네

정유재란 때였네 '기산팔문장' 중 한 분인 동계 백광성 시인이 시를 보듬고 사자산 고갯길로 돌아가셨네 스물일곱 젊은 며느리가 시아버지 삼년상 마치는 제삿날 와병 중인 남편과 아들 형제와 함께 사자산 아래 시아버지 묘소에 갔네 곶감, 대추, 사과, 배, 나물, 생선, 돼지고기, 쇠고기 다 차려 놓고 막 무릎을 꿇고 술잔을 올리는데, 그때 난데없이 왜구들 예닐곱 명이 불쑥 뛰어들어 긴 칼을 휘둘렀네 눈앞에서 그 칼에 큰아들은 피를 흘리며 죽고 병든 남편마저 목에 칼을 맞고 쓰러져 즉사했네

며느리는 울부짖으며 식칼을 들고 대들다가 왜놈들이 오히려 겁탈을 하러 덤벼드니 스스로 가슴에 칼을 꽂았네 온몸이 피범벅이 되어 쓰러지자 왜놈들은 풀을 뜯어 덮어 놓고 가 버렸네 혼비백산 울면서 도망치던 세 살배기 작은아들은 수풀 속을 헤매다가 문득 정신을 차려 엄마 찾아 떠돌았네 지치고 다친 몸을 이끌고 엄마를 찾은 아들 덕에 간신히 목숨만은 건졌네

시아버지 묻혀 있는 묘지 앞에서 남편 잃고 자식 잃은

88

한을 품고 죽지 못해 사는 인생 일흔아홉에 생을 마치니
이듬해 임금이 정렬문旌烈門을 내려 마을 앞에 세우게 하
고, 『삼강행실열녀도三綱行實烈女圖』에 등재했네

　　일제 강점기에 그 정렬문은 자취 없이 사라졌고, 그 자
리에 그 며느리의 한 맺힌 넋이 해마다 하얀 머리칼 풀어
헤치고 피어난다네

　　* '정문댕이' : 정렬문이 세워져 있던 마을 앞 등성이. 즉 '정문등'을 마을 사람
　　　들이 '정문댕이'라고 지칭함.

서포 김만중의 노도에 가다

인왕산 골짜기로부터 가슴팍에 화살이 박힌 채 남해도로 날아왔네요 벽련포구 바윗돌에 우두커니 앉아 흰 파도를 바라보고 있네요 파도는 보란 듯이 꼭 내 앞에 와서 나동그라져 부서지곤 하네요 그때마다 가슴팍에 꽂힌 화살이 바르르 떨리고 고통은 파도 위에 동그라미를 그리며 여울지네요

내 몸을 실은 배가 삿갓섬을 향해 노를 저어 가네요 바닷길은 자꾸만 늘어져 삿갓은 저만치 떠내려가고 배는 다시 출렁이네요 수초들이 너울거리며 앞을 막아서는 바닷길, 뒤뚱거릴 때마다 저만치서 날던 갈매기가 수면에 닿았다가 하늘로 솟구치곤 하네요 차가운 바닷바람은 포승줄처럼 내 몸을 휘감네요

섬에 다다르니 좁은 길이 보이고, 길에는 잡초들이 우거져 있네요 가파른 길을 걷다가 숨이 가빠 쓰러져 뒹굴고 다시 일어나 걷다가 또 쓰러지네요 그래도 올라야만 할 숙명의 길, 구부러진 길가에 서 있는 후박나무 아래 겨우 몸을 기대고 앉아 하늘 멀리 떠가는 흰 구름을 보네요

얼마나 올랐을까 거기 초가집 한 채, 툇마루에 몸을 부리고 누우니 가까운 데에서 조선시대 솟아오르던 샘물이

다시 솟고 그 샘물이 이야기가 되어 흐르네요 서포의 묘는
텅 비어 있고 내 몸에는 탱자나무 가시가 무수히 박히네요

대나무 평상

마당 가 접시감나무 아래
대나무 평상을 펴 놓고 아침을 먹었다
보리밥에 된장국, 김치와 산나물이 전부였지만
행복한 밥상이었다

끼니를 잇지 못한 집 아이가
대문 밖에서 꼬르륵 소리를 내며
지켜보고 있었는지
어머니는 아이의 손을 잡고 들어와 평상에 앉혔다

할아버지 할머니와 손자들, 일꾼과 배곯던 아이까지
둥근 밥상에 앉으니 평상은 더욱 평평해졌다

오늘 군데군데 매듭이 있는 대나무를 바라보며
평상에 평평하게 누워 있는 저 대나무들도
불끈 일어서면 불평등을 향해 돌진하는 죽창이 된다는 걸
알게 되었다

감나무에 열린 풋감들이 여전히 평상을 내려다보며
발그스레 익어가고 있다

그날의 일기

1980년 5월 17일 밤
흑백 텔레비전 화면으로 미스 코리아 미인들을
감상하고 있었다
별안간 화면 아래를 훑고 지나가는 자막
"비상계엄 전국 확대, 전국 각급 대학에 휴교령"

다음 날 아침 걸어서 가 본 조선대 후문
시커먼 얼굴의 군인들이 총으로
앞을 가로막았다
총구와 투구 사이로 건너다보이는 종합운동장에는
어두운 빛깔의 텐트로 가득했다
캠퍼스가 하룻밤 사이에 온통 병영으로 변해 있었다
잠시 후 수십 대의 트럭들이
총을 든 군인들을 가득 태우고 어디론가 달려나갔다

뒤돌아서서 금남로를 향해 걸었다
곳곳에 서 있는 무장 군인들이 무서웠다
광주여고 정문 앞에서 선배 교수와 마주쳤다
그는 내 앞길을 가로막아 섰다

지금 군인들이 시내버스를 세워 놓고
대학생처럼 보이면 무조건 끌어 내려서
몽둥이로 두들겨 패고 두 손을 뒤로 묶어 끌고 간다는
것이다

노동청 앞에는 전투경찰들이 도로를 막고 있었다
향군회관 골목을 돌아서 전일빌딩 쪽으로 가고 있는데
어떤 아주머니가 나를 붙들고 울면서 애원했다
"가지 말아요 가면 죽어요
내 아들 같아서 하는 말이요 절대 가지 말아요"

골목엔 시민들이 모여 웅성거리는데
착검한 총을 든 계엄군들이
바짓가랑이에 구슬 구르는 소리를 내면서
시민들에게 겁을 잔뜩 주고 있었다
그들의 총구는 이미 시민들을 향해 있었다

금남로에는 들어가지 못하고
원불교 골목을 지나 법원 쪽으로 걸어서

집으로 돌아왔다
겁에 질린 다리는 풀어져 비틀거리고
한숨과 눈물이 피처럼 흘렀다

다음 날
군인들이 집집마다 돌아다니며
대학생들을 색출해서 무조건 두들겨 패
잡아간다는 소문이 돌았다
집에 데리고 있던 대학 3학년짜리 동생
벽장 속에 숨겨 놓고
그 안에서 취식하게 했다

얼마 후에 살펴보니
벽장 속은 텅 비어 있었다
그는 이미 탈출하여 금남로로 나간 것이었다
거기에서 자유를 잠그고 있는 커다란 자물쇠를
시민들과 더불어 온몸으로 부수고 있었을 것이다

아버지의 일기장

― 각수바위

"1996년 5월 13일(월)
허벅지에 총 맞고 생포의 몸이 됐던 곳
유치면 대천 넘어서 취실 강만 쪽
그날의 각수바위 위에 다시 올라보네

몇천 번 죽다 사는 극한의 삶이었네
다시는 보기도, 생각하기도 싫은 곳
꿈에서나 보았던 바람재
이제 40년 넘어 다시 왔네
지긋지긋했던 그날의 회상이
다시 또렷하게 그려지네"

각수바위 위에 아버지의 가느란 몸이 놓여 있다 한 생을
이 각수바위를 짊어지고 수면 아래에서 몸을 바짝 낮춘 채
잰걸음도 늘 살펴 가며 걸으시던 아버지, 이제 그 바위 위
에 편히 누워 계신다 아버지의 한숨 소리가 솔바람으로 불
어온다 그날의 파르티잔 구호도 민족 해방 정신도 평화 통
일의 이념도 이제 작은 풀꽃이 되어 하늘거린다 아버지의
눈물과 땀방울들이 저 계곡 아래 자갈돌로 구르고 반세기

96

를 슬프게 구구대던 산비둘기들도 저만치 날아가 버렸다

장재도*

하얀 파도 소리에 거친 모래 부서지는
사촌 마을 앞바다에 떠 있는 작은 섬

하얀 날개를 널리 펴고
창공을 비상하는 한 마리 학이라 하네
선비의 지조를 장삼 자락처럼 휘날리며
천년의 세월을 날고 있는 외로운 섬이라 하네

이 학의 섬에 올라
학의 두 눈자위를 찾아 쇠말뚝을 박아 버린 놈들
그들은 도대체 누구일까

오늘도 섬 둘레에는
학의 비명이
거센 파도로 출렁이고 있네

두 눈 잃은 조선의 학
그 원한으로 사무친 울음소리
현해탄 건너가 지축을 흔들겠지

그 열도 해안에는
저주의 기운 천년만년 파도치겠지

<hr>

* 전라남도 장흥군 안양면 사촌리 남쪽에 있는 섬이다. 『해동지도』(장흥)에는 장
  재도(壯哉島)라고 표시되어 있다. 장재(장자, 부자)가 살았다고 하여 장재도
  (長財島)라고 부른다고 한다. 중종 때에 정국공신 정해군(貞海君) 백수장(白壽
  長)이 은퇴하여 서재를 짓고 살았다. 1957년에 둑을 쌓아 육지와 맞닿아 있다.

임진강 건너 북녘으로 자꾸만 올라갔네

한 해가 지나가는 마지막 날
내가 나고 자란 반도의 남쪽 끝에서
북으로 북으로 달려갔네
임진강 건너 민간인통제구역에 다다랐네

눈앞에 드리워진 철조망
더 이상 북녘으로 갈 수가 없네
개성을 지나 평양을 거쳐
신의주 압록강을 넘어 백두산까지
달려야 하는데 갈 수가 없네
누가 우리의 앞길을 막아서는가
저 철조망에 돋친 쇠가시가 누구의 마음인가

철조망에 가로막혀 더 이상 갈 수 없는 이곳까지 와서
북녘 하늘을 바라만 보네
참말로 서글프네

언제 힘찬 날개를 달고 저 하늘 너머로 날아 볼까

꽃들의 눈물

멀리서 바라보면
마냥 예쁜
꽃들도

다가가서 마주 보면
눈물이
그렁그렁

오늘이 제주 4·3

하늘도
산천초목도
구슬프게 우는구나

해설

귀로 보는 풍경의 깊이

이대흠 시인

1. '나는 물이다'는 선언

동트기 전에 바다를 만나러 갔다
그 푸르던 바다는 어느새 노인이 되어 앉아 있었다

— 「바다 노인」 부분

바다도 나이를 먹는다. 어떤 바다는 젊은 기운이 넘치고,
또 어떤 바다는 고요한 노년의 모습 같다. 백수인의 이번
시집에서는 유독 물의 이미지가 많다. 작은 도랑부터 바다
에 이르기까지 시인의 시선은 물을 바라본다. 쩌렁쩌렁 격
정적으로 흐르는 물도 있지만, 조용히 출렁이는 물도 있다.
이렇게 다양한 물 중에 화자의 시선을 붙잡는 것은 노인이

된 바다이다. 이는 시인 자신의 모습과 일맥상통한다.

>바다가 물러서기로 마음먹을 때
>물의 벼랑은 무너지네
>
>세상의 높이와 깊이가 모두 날아가 버리면
>남은 건 펄 위에 찍힌 쓸쓸한 발자국뿐이네
>
>가파른 삶의 언덕에서 모든 걸 다 잃고 난 후
>터벅터벅 걸어가는 사람
>스산한 새벽바람이 일렁이는 뒷골목
>희미한 가로등 밑을 지나가는
>그의 뒷모습이네
>
>모래밭에 누워 배 속까지 뼛속까지 다 보여주는
>
>　　　　　　　　　　　　　　　　　－「썰물 이후」 부분

바다는 그저 밀물과 썰물이 되는 것이 아니다. "바다가 물러서기로 마음먹을 때", 썰물이 시작된다. 따라서 밀물에서 썰물로의 전환은 피동적인 게 아니라 자발적이고, 주체적이다. "물의 벼랑"이었던 시절을 지나, 스스로 물러서기로 마음을 먹고, 무너지는 바다. 그러나 바다는 무너지면서도 아주 무너지지는 않는다. "가파른 삶의 언덕에서 모든 걸 다 잃고 난 후/터벅터벅 걸어가는 사람" 같은 바다여서 아직은 염원이 남아 있다. '모든 걸 다 놓은 사람'과 '모든 걸 다 잃은 사람'은 사뭇 다르다. 썰물 이후의 바다 풍경은 모든 걸 다 잃은 사람과 닮았다. 그만큼 쓸쓸하고, 그 쓸쓸함에는 거스러미가 돋을 것처럼 아프다.

물이 든 개펄과 물이 빠진 개펄은 전혀 다른 심상으로 다가온다. 이러한 썰물과 밀물이 주는 상반된 분위기는 백수인의 이번 시집에서 여러 형태로 변주되는데, 썰물 때의 풍경이 화자가 놓인 현실을 상징한다면, 밀물은 화자가 지향하는 세계를 담고 있다. 백수인은 물의 다양한 모습을 통해 자신의 내면을 형상화하고, 자신이 처한 현실을 예리하게 드러낸다.

화자 자신의 바람으로 읽히는 "나는 죽어서가 아니라/ 살아서 이미 물이 되었지요"(「물과 바람」 부분)에서는 이미 살아서 물이 되었다고 선언한다. 물이 되었으니, 물이 쓴 시에서의 물은 모두 화자 자신의 자화상이다.

들판을 흐르는 냇물을 따라 걷다 보면
어떨 때 도란도란 흐르고
어떨 때 쩌렁쩌렁 소리를 지르는지
알 것도 같다

— 「냇물 따라 걷다 보면」 부분

흐르는 물은 시간을 상징하고, 흐르는 물을 따라 걷는 것이 인생길이다. 한 방울의 물방울에서 시작하여 내를 이루고 강을 이루고 바다에 닿는 것이 물의 여정이고, 그것은 태어나 살다 죽는다는 숙명에서 벗어나지 않는다.

2. 귀로 보는 세상 풍경

물의 이미지와 함께 백수인의 이번 시집에서 눈에 띄는 것은 청각적 이미지이다. 상당히 많은 시편들에 청각적 심상이 들어 있다. 아예 귀로 보고 귀로 쓴 시 같다. 대개의 시인들이 시각적 심상을 주로 사용한다는 점을 상기해 보았을 때, 백수인의 청각적 이미지는 이번 시집의 특징으로 볼 수 있다.

한 줄기 바람 소리 앞마당을 쓸고 지나가네
갈잎 서걱이는 소리
멀리서 까악깍 까마귀 우는 소리
아침부터 저녁까지 새들 지저귀는 소리
뜰 안에 가득하네

사람 소리는 오직 기기 속에서만 들리네
스마트폰 텔레비전 전기밥솥, 그 안에

사람 목소리 사람 웃음소리들이 살아 있네

모두 지구 돌아가는 소리네

－「소리에 대하여 － 고향 집에 홀로 묵으며」 전문

바람, 갈잎, 까마귀, 새들, 스마트폰, 텔레비전, 전기밥
솥 등 많은 사물들이 나오지만, 화자가 대상을 인식하는
방법은 모두 소리를 통해서이다. 시 전체에 시각적 심상이
나 촉각적 심상 들은 나오지 않는다. 심지어 마당을 쓸고
가는 바람도 소리로 인식한다. 즉 '바람이 마당을 쓸고' 가
는 게 아니라, '바람 소리가 마당을 쓸고' 간다. 그러다 보
니 시 전체가 소리로 꽉 차 있다. 이 중에 사람의 소리는
없다. 사람 소리도 기기를 통해서 전해진다. 사람은 듣고,
다른 생명체와 기기가 말을 한다. "사람 소리는 오직 기기
속에서만 들리네"라는 구절에서 보듯, 백수인이 이 시에
서 그린 세계는 사람 중심의 세계가 아니다. 사람은 그저
돌처럼 묵묵히 밖의 소리를 수용한다. 인간 중심의 세계가
뒤집힌 상황에서 사람은 비로소 사물이 된다. 이는 귀의
수동성과도 관련이 있다.

듣는 것을 시간적이라면 보는 것은 공간적이요
(중략)
보는 눈은 밖을 향하여 빛남으로써 따지게 마련이요,

109

듣는 귀는 속을 향하여 침잠함으로써 공감하게 마련이다. 보는 것은 넓고도 정치精緻한데 뜻이 있고 듣는 것은 깊고도 징묘徵妙한데 값이 있다. 하나는 향외적向外的이요 하나는 향내적向內的이다. 오늘의 과학철학은 향외적인 정밀성을 자랑하고 실재사상은 향내적인 진실성을 내세운다.[1]

눈의 문화는 지성적이고 이성적이며 논리적이고 능동적이다. 시각이 로고스라면 귀는 파토스이다. 눈은 보는 것을 통해 정보를 받아들이고, 눈에 의한 정보 인식은 사물에 어떤 충격도 주지 않는다. 반면 귀로 인한 사물 인식은 근본적으로 접촉에 의해 가능하다. 소리가 귓속의 뼈를 때리는 순간 우리는 청각적 이미지를 받아들인다. 눈이 빛이 세계라면, 귀는 어둠의 세계이다. 그래서 눈이 태양이라면, 귀는 달의 세계이다. 정치와 스포츠, 철학이 빛의 세계를 다룬다면, 예술은 밤의 문화이다. 이성이 판단을 한다면, 달은 음미하고 되씹는다. 그래서 시는 밤의 문화이고, 귀의 문화이다. 한편 눈으로 본 풍경은 변하면서 사라지지만, 귀로 듣는 소리는 작아지기만 할 뿐 지워지지 않는다. 눈이 포착한 풍경은 하나의 공간 속에 있지만, 귀로 듣는 소리는 내 귀를 거친 후에도 죽지 않고 흘러간다. 부연하

1) 박종홍, 「본다는 것과 듣는다는 것」, 『새벽』, 새벽사, 1959, 82~87쪽.

면 시각은 공간적이고, 청각은 시간적이다. 한번 본 풍경은 재생되지 않지만, 소리는 어딘가에 끝까지 남아 있다. 비록 희미하더라도 그 소리는 없어지는 게 아니다.

백수인의 시가 보는 것, 말하는 것에서 멀어지며 듣는 데를 지향했다는 점은 그래서 고무적이다. 비로소 대상에 대한 인식을 즉각적으로 하지 않고, 내면 깊숙이 넣어 되새김질을 했다고 볼 수 있기 때문이다. 귀를 중심으로 사물을 인식하는 것은 다른 감각으로 받아들인 정보를 청각적 심상으로 전환하는 데까지 나아간다.

> 글쎄 구렁이처럼 감고 돌며 남의 몸속 진액을 빨아먹고
> 사는 녀석이 팽나무 꼭대기에서 나발을 불어대고 있더라
> 니까요
>
> ―「팽나무와 노박덩굴」 부분

팽나무를 감고 올라간 노박넝쿨(노박덩굴)이 꽃을 피웠다. 기생하는 자가 오히려 더 높이 올라가서 자신만을 자랑하는 형국을 풍자하고 있는 내용이지만, 주의 깊게 보아야 할 것은 "나발을 불어대고" 있다는 표현이다. 눈에 의해 받아들인 정보를 표현하고 있는데, 시각적 심상이 두드러지지 않는다. 노박덩굴이 팽나무를 감고 올라가는 모양새에 대한 표현도 없고, 노박덩굴 꽃 모양에 대한 이미지도 없다. 실제로 노박덩굴의 꽃은 나발 모양도 아니다. 따라

서 이 시에서의 나발 모양은 소리의 형상화로 봐야 한다.
시각의 청각화이면서 청각의 시각화이다. 이러한 청각의
다양한 운용은 다른 작품들에서도 드러난다.

> 내 몸속으로 스멀스멀 들어오는 종소리들이 나를 넓적
> 한 바위 위에 앉히고
>
> -「때죽나무」 부분

때죽나무의 꽃은 작은 은종 같다. 때죽나무 가지에 주렁
주렁 매달린 흰꽃들을 보면서도 시인은 꽃 모양이나 향기
를 말하지 않는다. 시인이 감지하는 것은 종소리가 되어 울
리는 꽃의 소리이다. 그 종소리가 화자의 몸속으로 스미어
화자는 공중에 붕 뜬다. 그리고 그 "종소리들이" "넓적한
바위 위에 앉"힌다. 소리가 주체이고, 화자는 수동적이다.
화자의 의지마저 지워진 상태이다. 백수인의 시를 읽다 보
면, 세상은 온통 소리로 가득 차 있는 것처럼 여겨진다.

> 어떤 뼈에는 매미 우는 소리, 귀뚜라미 소리,
> 새들 지저귀는 소리들이 화석으로 고여 있다
>
> 시간은 수많은 바람과 소리와 그림자들과 함께 지나가
> 버렸지만
> 그 단단함은 뼈의 모습으로 땅속에 고스란히 묻혀 있었

구나

"수백 년 묵은 종가 터"에서 풀을 매다가 화자는 우연
히 뼈 무더기를 발견했다. 어떤 뼈에는 이빨 자국이 남아
있기도 하지만, 화자의 관심은 뼈로 굳어진 소리의 흔적
이다. 매미 소리, 귀뚜라미 소리, 새들의 소리가 화석으로
"고여" 있다.

이 시는 소리의 시간성을 증명하는 것 같은 작품이다.
모든 소리는 여전히 남아 있기에 그것을 형상화하면 뼈의
형태일 수 있다. 인용한 부분의 2행을 보면, "화석으로 고
여 있다"라는 구절이 나온다. 화석은 어떤 사물이 있다가
그 사물이 지워진 자리에 생긴 흔적이다. 따라서 땅속에
있던 "뼈" 자체가 화석일 수는 없다. 이 작품에서도 뼈는
'소리가 있다가 형태가 지워진 데에 남은 자국'이다. 우연
히 발견된 뼈를 소리의 화석으로 읽은 것이다. 뼈의 패인
데나, 갈라진 곳마다 소리가 앉았다 간 것을 상상해 보면,
비로소 이 시가 읽힌다. 그 소리가 여전히 '고여 있는 뼈'라
니! 누대의 흔적이 이런 소리 화석으로 발견되기도 한다.

새벽 바다는 온통 혼돈의 빛깔이었죠 누군가 흐릿한 실
루엣 속에서 무슨 일인가를 벌이고 있었어요 세상의 모든
형상들이 줄지어 물속으로 가라앉았고 애절한 소리들 부

딪히며 파도의 그림자들을 만들어 내고 있었어요

　그 푸르던 하늘은 이미 수면 안으로 스며들어 그 경계
조차 모호하게 출렁였고, 그 속에서 수많은 비밀들이 벌
떼처럼 잉잉거렸지요 세상의 밝은 빛은 흐릿한 소용돌이
속으로 점점 허물어지고 뜻을 잃은 언어들만 굳세게 일어
나고 있었어요

　그때 중저음 뱃고동 소리가 울리며 검은 배 한 척이 느
릿느릿 내 가슴속으로 들어오고 있었어요 그게 안개를 걷
어내는 한 줄기 빛이었다는 걸 나중에야 깨달았지요

－「안개 바다」 전문

　이 작품은 시집으로 들어가는 문의 역할을 하는데, 시인
의 최근 관심사가 모두 드러나 있다. 즉 물의 이미지와 청
각적 심상의 두드러짐이 그것이다. 특히 이 작품에서 시각
적 심상은 관념적으로 묘사되고, 청각적 심상이 구체적으
로 묘사되어 있다는 점이 이채롭다. "혼돈의 빛깔" "실루엣
속에서 무슨 일인가" "모든 형상들" "뜻을 잃은 언어들만
굳세게 일어나고" 등에서 보이듯 시각적 심상은 다소 모호
하고, 분명한 이미지로 다가오지 않는다. 반면 청각적 심
상은 구체적이다. "애절한 소리들 부딪히며 파도의 그림자
들을 만들어 내고 있"는 그림에서 보이는 "파도의 그림자"
는 어떻게 만들어지는가. 그것은 "애절한 소리들"이 부딪

혀서 만들어 낸 소리의 파편이다. 하늘과 물의 경계가 모호한 파도의 출렁임 속에서도 돋보이는 것은 "벌떼처럼 잉잉거"리는 수많은 비밀들이다. 눈에 보이는 풍경은 모호하고, 가려져 있지만, 그 안에서 소리를 읽어내는 귀는 밝다. 따라서 가슴속으로 들어오는 검은 배 한 척도 "중저음 뱃고동 소리"를 내면서 온다. 이 검은 배가 무엇을 상징하는 것인지는 읽는 독자에 따라 해석이 다를 수 있지만, "무슨 일" "형상들이 줄지어 물속으로 가라앉"고, "애절한 소리들" "비밀들" "뜻을 잃은 언어들" 등으로 미루어 보았을 때, 사람의 말을 수장시켰다는 것을 연상하게 만든다. 특히 시인의 고향인 장흥의 바다는 6·25 전후 수백 명을 수장시켰던 역사의 비극이 있었던 장소이기도 하다. 그러한 역사적 사실을 상기하는 독자는 「안개 바다」에서 현대사의 아픔을 읽을 것이고, 불과 10년여 전에 있었던 '세월호' 사건을 떠올리는 독자도 있을 것이다. 어떤 일을 떠올리건 백수인의 「안개 바다」는 가슴속으로 검은 배 한 척이 들어오는 이미지로 남는다.

이러한 청각적 이미지는 시집의 도처에서 발견된다. 어떤 작품은 우연히 듣게 된 소리에서 시작하여 한 편의 시를 이루고, 또 어떤 작품에서는 아예 음성상징어에 의존하여 시상을 끌어가기도 한다.

'텅' 하는 소리에 얼른 나가 보았지요 거실 유리창에 부

딪혀 떨어진 새 한 마리가 풀밭에 쓰러져 온몸을 부르르
떨며 혼절해 있었어요

— 「투명한 벽」 부분

   텅 빈 들판에는 찬바람만 가득하지만
· 들판을 가로지르는 도랑물은
   아직도 쩌렁쩌렁 들판을 울리며 흐르고 있네

— 「겨울의 입구에서」 부분

쨱쨱쨱쨱
휘이익 휘이익
소쩍 소쩍 소쩍
지지배배 지지찍
찌이익 찍찍찍

새들은 겨레마다 서로 언어가 다르지만
통역이 필요 없네

— 「숲속의 새들」 부분

   그러다 보니, 사진을 찍는 카메라에도 소리가 잡힌다.
시인은 아예 소리를 찍고, 소리를 그린다.

   이미 카메라 속에선

백로 파닥거리는 소리 들리네

(중략)

카메라 한 대가
머나먼 어느 행성에서 날아와
지구의 한 아이를 찍고 있었네
퍼덕거리며 내는 숨소리를 담고 있었네

— 「백로의 날갯짓」 부분

　카메라를 들고 길을 걷는 한 사람의 모습이 그려진다. 그는 백로가 나는 순간을 포착하여 셔터를 누른다. 거기에 찍힌 것은 백로의 날갯짓 모양이 아니라, 백로가 "파닥거리는 소리"이다. 그러나 이 작품을 더 들여다보면, 사진을 찍는 자의 입장이 아니라, 사진에 찍히는 자의 심리를 연상할 수 있다. 사진을 찍은 것은 나였고, 사진에 찍힌 것은 백로의 파닥이는 소리였다. 그 파닥임이 생명의 환희가 아니라, 두려움과 놀람이라는 것은 이어지는 구절에서 짐작할 수 있다. 만약에 '우주의 어느 행성에서 카메라 하나가 날아와 나를 찍고 있다면' 놀랍고 두려울 것이다. 내가 보지 못한 사이에 나를 보는 눈이 있어서 나의 일거수일투족을 찍는다. 빅브라더[2]가 아니더라도 감시하는 자와 감시당하는 자의 권력 관계는 분명하다. 따라서 카메라에 잡힌 것은 백로의 날갯짓 소리만이 아니라, 지구라는 별에 있는 한 아이의 퍼덕이는 숨소리이다. 이때도 한 아이의 몸짓이 아니라, "숨소리"가 찍혔다는 점에 주목하자. 소리의 수동성이 관찰당하는 아이의 숨소리를 더 위태롭게 보이게 한다.

인간이 무심하게 한 행동이 어떤 존재에게는 위협이 될 수 있다. '폭력'을 행사하려는 의도를 가진 경우가 있고, '의도하지 않은 폭력'도 있다. 어떨 때는 선행도 폭력이 된다. 시인의 예민한 촉수는 자신이 저지른, 그런 폭력적 상황을 발견하고, 반성한다.

바닷가 모래밭을 걷다가
무심코
모래가 부풀어 있는 작은 구멍을
밟았다

알고 보니
손톱보다 더 작은 게들의 집이었다

그들에겐

---

2) 빅브라더(big brother): 정보의 독점으로 사회를 통제하는 관리 권력, 혹은 그러한 사회체계를 일컫는 말. 사회학적 통찰과 풍자로 유명한 영국의 소설가 조지 오웰(George Orwell, 1903~1950)의 소설 『1984』에서 비롯된 용어이다. 출처: 네이버 두산백과.

얼마나 무서운 청천벽력이었을까

—「청천벽력」 부분

무심히 걸어갔다고 할 수도 있지만, 이때의 무심함이 어떤 대상에게는 크나큰 피해를 줄 수도 있다. 인간 하나의 목숨의 무게나 게 한 마리의 목숨의 무게는 같다. 그걸 아는 시인의 귀는, "수자폰처럼 큰 귀가 우주의 소리를 모아 듣는"(「윤이상의 바다」 부분) 바다가 되어간다.

3. 여전히 진행형인 도깨비 잔치

바다처럼 큰 귀를 가진 시인은 굴곡진 현대사의 신음을 듣는다. 어떤 소리는 너무 커서 들리지 않다가 소리가 작아졌을 때에야 들리기도 한다. 너무 큰 소리가 시간을 관통해 와서 시인의 귀에 닿았다. 아니 퇴적된 소리를 시인이 들춰낸다. 묵어서 이미 딱딱해졌을 것만 같은 기억에서는 찢기는 소리가 날 것만 같다.

"1996년 5월 13일(월)
허벅지에 총 맞고 생포의 몸이 됐던 곳
유치면 대천 넘어서 취실 강만 쪽
그날의 각수바위 위에 다시 올라보네

몇천 번 죽다 사는 극한의 삶이었네

다시는 보기도, 생각하기도 싫은 곳

꿈에서나 보았던 바람재

이제 40년 넘어 다시 왔네

지긋지긋했던 그날의 회상이

다시 또렷하게 그려지네"

   각수바위 위에 아버지의 가느란 몸이 놓여 있다 한 생을 이 각수바위를 짊어지고 수면 아래에서 몸을 바짝 낮춘 채 잰걸음도 늘 살펴 가며 걸으시던 아버지, 이제 그 바위 위에 편히 누워 계신다 아버지의 한숨 소리가 솔바람으로 불어온다 그날의 파르티잔 구호도 민족 해방 정신도 평화 통일의 이념도 이제 작은 풀꽃이 되어 하늘거린다 아버지의 눈물과 땀방울들이 저 계곡 아래 자갈돌로 구르고 반세기를 슬프게 구구대던 산비둘기들도 저만치 날아가 버렸다

–「아버지의 일기장 – 각수바위」 전문

   시인의 아버지는 어린 빨치산이었다. '파르티잔' 구호를 외치며, 여순사건을 주동한 5연대가 주둔했던 장흥군 유치면 일대에서 이념을 앞세우고, 사선을 넘나들었다. 전라도 산세와는 다르게 강원도 깊은 골짜기같이 산이 가파르고

골이 깊은 유치면 대천리는 암천과 더불어 산골 깡촌을 지칭하는 대명사였다.

시인은 비로소 아버지의 일기장을 들추어 본다. 이미 파르티잔도 빨치산도 아닌 아버지는 이념도 구호도 없이 선산에 묻혔다. 하지만 시인의 머릿속에서 아버지는 "다시는 보기도, 생각하기도 싫은 곳" "각수바위"에 누워 있다. 서로가 서로를 믿지 못하고, 편이 갈려 싸우다 죽이기를 일삼았던 시절의 그 바위다. 다시는 돌이키기 싫은 바위지만, 어쩌면 아버지의 일생에서 가장 순수했던 시절이었을지도 모른다. 빨치산으로 있다가 목숨을 건졌다는 이유 한 가지만으로, 시인의 아버지는 대학을 나왔음에도 불구하고, 평생을 농투산이로, 조용히 살아야 했다. 그렇게 숨죽이고 산 세월 동안, 아버지가 누웠던 각수바위가 아버지 등에 짐으로 얹혀 있었을 것이다. 그 커다란 바위를 짊어지고, 밭을 갈고, 모를 심고, 자식들을 키워 냈을 아버지. 그런 아버지가 시인의 아버지만은 아닐 것이기에 이 작품은 독자의 공감을 이끌어 낸다.

이념의 깃발 아래 편 갈라서서 형제를 죽이고, 친구를 죽여야 했던 일은, 가만 생각해 보면 "도깨비 잔치"와도 같이 허망하고, 우스꽝스럽고, 아픈 일이다. 그런 도깨비 잔치가 문명이라는 이름, 발전이라는 말을 앞세워 아직도 계속되고 있다.

한밤중 유치로 넘어가는 길
수몰된 지동마을 근처에 서면
산등성이에 도깨비들이 덩실덩실 춤추고 있다

읍내 장날 김 첨지는 이웃 마을 친구들 만나 여기서 한
잔 저기서 한잔 막걸리에 거나하게 취했다 돼지고기 서너
근 사서 새끼줄로 꽁꽁 묶어 허리춤에 매달고 한밤중 취
한 채 고개를 넘고 있었다 고갯마루에 이르렀을 때 어디
선가 도깨비 녀석이 불쑥 나타나 씨름 한판을 청했다 오
른 다리를 걸면 넘어지는데 왼 다리를 자꾸 치니 도깨비
는 키가 쑤욱쑤욱 커져서 더욱 자빠뜨릴 수가 없었다

그 장대처럼 키가 큰 도깨비들이
축제를 벌이는가 보다
마을과 함께 물에 잠겼던 도깨비들이 뛰쳐나와
밤이면 저렇게 춤을 추는가

김 첨지가 어쩌다 안간힘을 써서 오른 다리를 착 걸자
허망하게 쓰러진 도깨비를 소나무에 꽁꽁 묶어 두고 집으
로 돌아왔다 집에 돌아와 보니 허리춤에 차고 있던 돼지
고기는 온데간데없고 빈 새끼줄만 달랑거리고 있었다

도깨비들의 춤사위가 펄럭일 때마다

옛 마을을 덮고 있는 수면 위에

불빛들이 반짝인다

고향 잃은 애잔한 마음들이 출렁이고 있다

날이 밝자 김 첨지는 묶어 둔 도깨비에게 잃어버린 돼

지고기를 찾으러 가 보니 피묻은 낡은 몽당빗자루 하나가

뎅그마니 묶여 있었다

날이 밝아 물속에 잠긴 지동마을 근방에 다시 서니

바람으로 전기를 만든다는 풍력발전기들이

덩실덩실 춤을 추고 있다

─「도깨비 잔치」 전문

거대한 풍력발전기는 멀리서 보았을 때는 바람개비처럼

보이지만, 근처에 가서 보면, 그 높이나 크기가 사람을 압

도한다. 산꼭대기에 30미터가 넘는 날개를 달고 있는 풍력

발전기가 천천히 돌아간다. 시인은 이것을 보고 흰옷을 입

고 춤을 추는 도깨비의 모습을 발견한다.

특정한 지역이 한 시인에 의해 새로운 의미를 부여받기

도 하는데, 백수인 시인에게는 '유치'가 특별하게 의미 있

는 장소이다. 그곳은 6·25 전후, 좌우 갈등이 직접적으로

드러난 곳이고, 그만큼 많은 사람들이 죽었던 현장이다.

심지어 천년 고찰 보림사의 대부분 전각이 소실된 것도 그

때였고, 전쟁 이후 유치면 일대에서는 오래된 가옥이 한 채도 남지 않았을 정도이니, 면 전체가 소개되었다고 보아도 과언이 아니다. 그렇게 굴곡의 현대사가 깊은 상흔은 남긴 곳이었는데, 불과 50년도 지나지 않아서 그곳 대부분이 수몰되는 아픔까지 겪었다. 피 묻은 바위며 땅이며 한숨 같은 것들이 모조리 물에 잠긴 것이다. 들과 골짜기에는 물이 가득 찼고, 산꼭대기에는 풍력발전기가 들어섰다. 이념의 도깨비 잔치가 벌어졌던 장소에 '물도깨비', '바람 도깨비'가 판을 치고 있다.

백수인의 이번 시집은 물의 이미지가 많고, 청각적 심상이 두드러진다. 이러한 것은 시인의 사유가 깊어진 것과 관련이 있을 것으로 보인다. 마음의 눈이 밖으로 향하면 풍경이 보일 것이고, 마음의 눈이 안으로 향하면 내면의 소리를 듣게 될 것이다. 우리의 감각기관 중에서 귀는 가장 깊은 곳에 숨어 있으며, 소리를 감지한다는 것은 뼈를 울리는 접촉의 결과이다. 뇌에 가장 가까운 감각기관인 귓속에서 뼈가 울릴 때, 그 뼈울림을 통해 우리는 외부 사물을 인식한다. 따라서 귀에 의한 정보는 뇌에 가장 가까이에서 얻은 정보라 할 만하다. 여기서는 본격적으로 분석하지는 않았지만, 백수인의 이번 시집에는 불교적 사유가 깔려 있다. 불교의 경전은 '나는 이렇게 들었다'로 시작하는 경우가 많다. 귀로 들어온 것은 행동이 동반된다. 관용표

현인 말을 들었다는 말의 의미도, 행동하지 않은 상태에서 소리만 감지했다는 뜻이 아니라, 말을 듣고 그에 따랐다는 뜻을 포함하고 있다.

이제 사람의 말만이 아니라, 다른 대상들의 말을 '듣기' 시작한 그가 무엇을 보여줄 것인가. 바다처럼 큰 귀로 받아들일 세계가 자못 궁금하다. 우주의 신음을 듣기 시작한 그의 다음 행보가 기대되는 이유이다.

겨울 언덕의 백양나무숲

초판1쇄 찍은 날 | 2024년 11월 13일
초판1쇄 펴낸 날 | 2024년 11월 22일

지은이 | 백수인
펴낸이 | 송광룡
펴낸곳 | 문학들
등록 | 2005년 8월 24일 제2005 1−2호
주소 | 61489 광주광역시 동구 천변우로 487(학동) 2층
전화 | 062−651−6968
팩스 | 062−651−9690
전자우편 | munhakdle@daum.net
블로그 | blog.naver.com/munhakdlesimmian

ⓒ 백수인 2024
ISBN 979−11−989410−6−0 03810

• 이 책은 🎨 전라남도. 🎨 전남 문화재단의 후원을 받아 발간되었습니다.